42,278

IPHIGÉNIE
EN
TAURIDE,
TRAGÉDIE
EN QUATRE ACTES,
REPRÉSENTÉE

POUR LA PREMIERE FOIS,

PAR L'ACADÉMIE-ROYALE
DE MUSIQUE,

Le Mardi 11 Mai 1779.

PRIX XXX SOLS.

AUX DÉPENS DE L'ACADÉMIE.

De l'Imprimerie de P. DE LORMEL, Imprimeur de ladite Académie, rue
du Foin Saint-Jacques, à l'Image Sainte Geneviève.

On trouvera des Exemplaires du Poëme à la Salle de l'Opéra.

M. DCC. LXXIX.
AVEC APPROBATION ET PRIVILEGE DU ROI.

Les Paroles font de M. GUILLARD.

La Mufique eft de M. le Chevalier GLUCK.

ACTEURS ET ACTRICES
CHANTANTS DANS LES CHŒURS.

CÔTÉ DE LA REINE.		CÔTÉ DU ROI.	
Mesdemoiselles.	*Messieurs.*	*Mesdemoiselles.*	*Messieurs.*
d'Agée.	Candeille.	Dubuisson.	Héri.
des Rosières.	Larlat.	d'Hautrive.	Lagier.
Chenais.	Tourcati.	Veron.	Martin.
Constance.	Capoi.	Garrus.	Vanhek.
Thaumat.	Hilden.	Rouxelin.	Tourillon.
Laurence.	Méon.	Sanctus.	Boi.
Paris.	Cleret.	Dumontier.	Huet.
Henriette.	Baillon.	Adelaide.	Itasse.
Gavaudan.c.	Fagnan.	Charmois.	Jouve.
Isidore.	Tacusset.	Chabaneau.	Moulin.
Eugenie.	de Lori.	Leclerc.	Bouvart.
Du Beaupré.	Joinville.		Boulanger.
			Cavailher.

ACTEURS.

IPHIGÉNIE, *grande*
   Prêtresse de Diane,   Mlle. le Vasseur.
ORESTE, *Frere d'Iphigénie,* M. l'Arrivée.
PILADE, *Prince Grec, ami*
   d'Oreste,   M. Le Gros.
THOAS, *Roi de la Tauride,* M. Moreau.
DIANE,   Mlle Chateauvieux.
MINISTRE *de Thoas,* M. Cheron.

PRÊTRESSES,

- Mlle. Le Bourgois.
- Mlle Chateauvieux.
- Mlle. Joinville.
- Mlle. Duffée.
- Mlle. Dubuisson.
- Mlle. Rosalie.

UN SCYTHE,   M. Laîné.
SCYTHES.
GARDES *de* THOAS.
EUMENIDES & DÉMONS.
GRECS *à la suite de* PILADE.

La Scêne est en TAURIDE.

PERSONNAGES DANSANTS.

ACTE PREMIER.

PREMIER DIVERTISSEMENT.
PRÉTRESSES.

Mlles. Bigotini, Crepaux, Augufte, Martin, Jonveau, Saulnier, Courtois, c., Richer, le Houx, Lallin, Camille, le Blanc.

SECOND DIVERTISSEMENT.
SCYTHES.

M. Dauberval. M. Gardel, l.

M^{rs}. MALTER, LAURENT, HUS.

M^{rs}. le Doux, le Breton, Barré, Olivier.

M^{rs}. Simonet, Desplaces, Hennequin, l., le Bel, Guillet, l., Guillet, c., Clerget, Largilliere.

ACTE SECOND.
DÉMONS.

M^{rs}. MALTER, LAURENT, HUS.

M^{rs}. le Doux, le Breton, Barré, Olivier.

M^{rs}. Simonet, Desplaces, Hennequin, l., le Bel, Guillet, l., Guillet, c., Clerget, Largilliere.

ACTE QUATRIEME.

GUERRIERS GRECS.

M. VESTRIS, p.

M^rs. GARDEL, j. VESTRIS, f.

Mlles. HEINEL, GUIMARD.

Mlles. DORIVAL, CECILE.

M^rs. le Doux, le Breton, Barré, Olivier.

M^rs. Simonet, Desplaces, le Bel, Duchaîne, Clerget, Duffel, Gricourt, Pladix.

NYMPHES DE DIANE.

Mlles. Victoire, Coulon, Duval, Carré.

Mlles. Camille, Elize, Courtois, l., Thifte, Henriette, Neuville, Thiery, Gibaffier, Villette.

N. B. Les Vers, marqués de Guillemets, qu'on trouvera dans la premiere Scéne du fecond Acte, ne font pas dit au Théatre. On a cru néceffaire de les conferver pour motiver le retour de Pilade au quatrieme Acte.

IPHIGÉNIE
EN TAURIDE,
TRAGÉDIE.

ACTE PREMIER.

Le Théâtre représente dans le fonds, l'entrée du Temple de D1ANE ; sur le devant le bois sacré qui le précéde & l'entoure.

(On entend dès le commencement de la symphonie, quelques coups de tonnerre qui se succédent plus rapidement, à mesure qu'elle marche. Elle finit par une tempête furieuse. Le jour est commencé, mais il est obscurci par les nuages, & le Théâtre n'est éclairé que par la lueur des éclairs.

SCÈNE PREMIERE.
IPHIGÉNIE, LES PRÊTRESSES.
IPHIGÉNIE.

GRANDS Dieux ! soyés-nous secourables,
Détournés vos foudres vengeurs ;   A

Tonnés fur les têtes coupables,
L'innocence habite en nos cœurs.

LES PRÉTRESSES.

Grands Dieux ! &c.

IPHIGÉNIE.

Si ces bords cruels & finiftres,
Sont l'objet de votre couroux,
Daignés à vos faibles Miniftres
Offrir des aziles plus doux.

LES PRÉTRESSES.

Grands Dieux ! &c.

IPHIGÉNIE.

Que nos mains, faintement barbares,
N'enfanglantent plus vos Autels !
Rendés ces peuples plus avares
Du fang des malheureux mortels.

LES PRÉTRESSES.

Grands Dieux ! &c.

(*Pendant les deux dernieres ftrophes, l'orage diminue infenfiblement, le tonnerre s'éloigne, cèffe, & le jour croît & s'éclaircit à mefure que la fcéne avance.*)

IPHIGÉNIE.

Ces Dieux, que notre voix implore,
Appaifent enfin leur rigueur :
Le calme reparoit ; mais au fonds de mon cœur,
Hélas ! l'orage dure encore.

UNE PRÊTRESSE.

Iphigénie, ô Ciel ! craindroit-elle un malheur ?

UNE AUTRE PRÊTRESSE.

D'où naît le trouble affreux dont votre ame eft faifie ?

IPHIGÉNIE.

Jufte Ciel !

UNE PRÊTRESSE.

Ah ! parlés, divine Iphigénie,
Nos malheurs font communs, loin de notre Patrie
Conduites avec vous fur ce funefte bord,
N'avons nous pas toujours partagé votre fort ?

IPHIGÉNIE.

Cette nuit... j'ai revu le Palais de mon pere,
J'allois jouir de fes embraffemens,
J'oubliois en ces doux momens,
Ses anciennes rigueurs, & quinze ans de mifere...
La terre tremble fous mes pas,
Le Soleil indigné fuit ces lieux qu'il abhorre,
Le feu brille dans l'air & la foudre en éclats
Tombe fur le palais, l'embrâfe & le devore.

A ij

Du milieu des débris fumans
Sort une voix plaintive & tendre :
Jufqu'au fond de mon cœur elle fe fait entendre ;
Je vôle à ces triftes accens.....
A mes yeux auffitôt fe préfente mon pere
Sanglant, percé de coups, & d'un fpectre inhumain
Fuyant la rage meurtriere ;
Ce fpectre affreux, c'étoit ma mere !
Elle m'arme d'un glaive & difparoit foudain :
Je veux fuir.... on me crie : *arrête, c'eft Orefte :*
Je vois un malheureux & je lui tends la main,
Je veux le fecourir ; un afcendant funefte
Forçoit mon bras à lui percer le fein.

LES *PRÉTRESSES.*

O fonge affreux ! nuit effroyable !
O douleur ! ô mortel effroi !
Ton couroux eft - il implacable ?
Entends nos cris, ô Ciel ! appaife-toi.

IPHIGÉNIE.

O race de Pélops ! race toujours fatale !
Jufques dans fes derniers neveux
Le Ciel pourfuit encor le crime de Tantale.
Le Roi des Rois, le fang des Dieux,
Agamemnon defcend dans la nuit infernale.

Son fils du moins reſtoit à ma douleur,
J'attendois de lui ſeul la fin de ma miſere ;
   O mon cher Oreſte ! ô mon frere !
Tu ne ſécheras pas les larmes de ta fœur.

    U N E *P R É T R E S S E.*

Calmés ce déſeſpoir où votre ame eſt livrée ;
Les Dieux conſerveront cette tête ſacrée ;
Oſés tout eſpérer.

    I P H I G É N I E.

    Non, je n'eſpere plus.
Depuis que je reſpire en but à leur colere,
D'opprobre & de malheurs tous mes jours ſont tiſſus,
Ils y mettent le comble, ils m'enlévent mon frere.
    O toi, qui prolongeas mes jours,
    Reprends un bien que je déteſte,
Diane ! je t'implore, arrêtes-en le cours,
Rejoins Iphigénie au malheureux Oreſte.
    Hélas ! tout m'en fait une loi,
    La mort me devient néceſſaire,
    J'ai vû s'élever contre moi
    Les Dieux, ma Patrie & mon pere.

    L E S *P R É T R E S S E S.*

Quand verrons-nous tarir nos pleurs,
La ſource en eſt-elle infinie ?

Ah ! dans un cercle de douleurs
Le Ciel marqua le cours de notre vie.

SCÈNE II.

IPHIGÉNIE, LES PRÊTRESSES, THOAS, GARDES.

THOAS.

Dieux ! le malheur en tous lieux suit mes pas,
Des cris du désespoir ces voûtes retentissent. . . .
(*à* IPHIGÉNIE.)
Prêtresse, dissipés les terreurs de Thoas,
Interprete des Dieux, que vos pleurs les fléchissent !

IPHIGÉNIE.

A mes gémissemens le Ciel est sourd, hélas !

THOAS.

Eh ! ce n'est pas des pleurs, c'est du sang qu'il demande.

IPHIGÉNIE.

Quelle effroyable offrande !
Appaise-t-on les Dieux par des assassinats ?

THOAS.

Le Ciel par d'éclatans miracles,

A daigné s'expliquer à vous ;
Mes jours font menacés par la voix des oracles,
Si d'un feul étranger, relégué parmi nous,
Le fang échappe à leur couroux.

De noirs preffentimens, mon ame intimidée
De finiftres terreurs eft fans cèffe obfédée.
Le jour bleffe mes yeux & femble s'obfcurcir,
J'éprouve l'effroi des coupables ;
Je crois voir fous mes pas la terre s'entr'ouvrir,
Et l'enfer, prêt à m'englouîtir
Dans fes abîmes effroyables.
Je ne fais quelle voix crie au fond de mon cœur :
Tremble, ton fupplice s'apprête.
La nuit de ces tourmens redouble encor l'horreur,
Et les foudres d'un Dieu vengeur
Semblent fufpendus fur ma tête.

S C È N E   I I I.

LES ACTEURS DE LA SCÈNE PRÉCÉDENTE,
LE PEUPLE *entrant en foule.*
LE *PEUPLE.*

LEs Dieux appaifent leur couroux,
Ils nous aménent des victimes :

IPHIGÉNIE EN TAURIDE,

A ces juftes vengeurs des crimes,
Que leur fang foit offert pour nous.

IPHIGÉNIE, *à part.*

Malheureufe !

THOAS.

Grands Dieux ! recevés nos offrandes.
Moins je les efpérois, plus vos faveurs font grandes.

UN SCITHE.

Deux jeunes Grecs, échoués fur ces bords,
Ont long-tems contre nous tenté de fe défendre ;
Ils viennent enfin de fe rendre
Après de pénibles efforts.
L'un d'eux étoit rempli d'un défefpoir farouche,
Les mots de crime, de remord,
Etoient fans ceffe dans fa bouche :
Il déteftoit la vie, il appelloit la mort.

IPHIGÉNIE, *à part.*

Dieux ! étouffés en moi le cri de la Nature.
Si mon devoir eft faint, hélas ! qu'il eft cruel !

THOAS, *à IPHIGÉNIE.*

Allés ; & les captifs vont vous fuivre à l'Autel.
Pour moi qu'un trop finiftre augure
Menace du couroux des Dieux,
Ma préfence pourroit nuire à vos faints myfteres.

(*IPHIGÉNIE & les PRÉTRESSES fortent.*)

SCÈNE

SCÊNE IV.

THOAS, GARDES, LE PEUPLE.

THOAS, au PEUPLE.

ET vous à nos Dieux tutélaires
Adreſſés vos chants belliqueux,
Que vos juſtes tranſports pénétrent juſqu'aux Cieux.

(Ici le Peuple exprime ſa joie barbare dans un di-
vertiſſement très - court.)

LE *PEUPLE.*

Il nous falloit du ſang pour expier nos crimes ;
Les captifs ſont aux fers, & les Autels ſont prêts :
Les Dieux nous ont eux même amené les victimes.
Que la reconnoiſſance égale les bienfaits !
Sous le couteau ſacré que leur ſang rejailliſſe,
Que leur aſpect impur n'infecte plus ces lieux ;
   Offrons leur ſang en ſacrifice,
   C'eſt un encens digne des Dieux.

B

✕✕✕✕✕✕✕✕✕✕✕✕✕✕✕✕✕✕✕✕✕✕✕✕✕✕

SCÈNE V.

LES ACTEURS PRÉCÉDENTS,
ORESTE ET PILADE *enchaînés.*
(ORESTE *a les yeux fixés à terre* , & *paroît accablé.*)

THOAS.

Malheureux, quel deſſein, à vous même con-
traire ,
Vous amenoit dans mes Etats ?

PILADE.

Notre projet eſt un myſtere ,
C'eſt le ſecret des Dieux , tu ne le ſauras pas.

THOAS.

De ton audace hautaine ,
La mort ſera le prix : Gardes , qu'on les emméne.
(*Les Gardes emmenent* ORESTE & PILADE.)

ORESTE *à* PILADE.

O mon ami ! c'eſt moi qui cauſe ton trépas

SCÈNE VI.

THOAS, GARDES, PEUPLE.
CHŒUR, *général.*

IL nous falloit du ſang , &c.

FIN DU PREMIER ACTE.

ACTE SECOND.

Le Théâtre repréſente un Temple ſouterrein, éclai-
ré par des Lampes, avec un Autel ruſtique.

SCENE PREMIERE.

ORESTE et PILADE, *enchaînés.*

PILADE.

QUEL ſilence effrayant! quelle douleur funeſte!
Quoi! tu ne me réponds que par de longs ſanglots?
   Que peut la mort ſur l'ame des héros?
Ne ſuis-je plus Pilade, & n'es-tu plus Oreſte?

ORESTE.

Dieux! à quelles horreurs m'aviés-vous réſervé?
D'un aveugle deſtin déplorable victime,

B ij

Par tout errant & par tout réprouvé,
Mon fort eft accompli. J'étois né pour le crime.

PILADE.

Que dis-tu ? d'où naît ce remord ,
Quel nouveau crime enfin ?

ORESTE.

Je t'ai donné la mort :
Ce n'étoit pas affés que ma main meurtriere
Eut plongé le poignard dans le cœur d'une mere ,
Les Dieux me réfervoient pour un forfait nouveau ,
Je n'avois qu'un ami , je deviens fon bourreau.

Dieux ! qui me pourfuivés, Dieux ! auteurs de mes
   crimes ,
De l'Enfer fous mes pas entr'ouvrés les abîmes ;
Ses fupplices pour moi feront encor trop doux !
J'ai trahi l'amitié, j'ai trahi la Nature ,
Des plus noirs attentats j'ai comblé la mefure :
Dieux ! frappés le coupable , & juftifiés-vous.

PILADE.

Quel langage accablant pour un ami qui t'aime !
   Reviens à toi ; mourons dignes de nous :
      Ceffe dans ta fureur extrême
D'outrager & les Dieux, & Pilade, & toi-même.
» Notre trépas du Ciel calmera le couroux.

ORESTE.

» Tu vois le fruit de ses oracles.

» O Dieux ! qui vous joués du destin des mortels,

» Vous vouliés que, vengeur de vos saints tabernacles,

 » Ma main, sur ces mêmes autels,

» De Diane outragée osât ravir l'image ;

» L'abyme dévorant se fermoit sous mes pas...

 » Tu veux me suivre, ami trop tendre, hélas !

 » De Mers en Mers, de naufrage en naufrage ;

» Tu braves pour moi seul & les Dieux & le sort.

» De ta tendre amitié quel est le prix ? la mort.

PILADE.

» La colere du Ciel est peut-être appaisée ;

 » Pourquoi douter de son secours ?

» Parmi tant de périls il a sauvé nos jours.

 » Peut-être le fidele Alcée,

» Échappé, tu le fais, à Neptune en couroux,

» Rassemble en ce moment sa flotte dispersée :

» Ne peut-il se frayer un chemin jusqu'à nous ?

Mais quand notre trépas seroit inévitable,

Quelle vaine terreur te fait pâlir pour moi,

 Je ne suis pas si misérable,

 Puisqu'enfin je meurs près de toi.

 Unis dès la plus tendre enfance

 Nous n'avions qu'un même désir :

Ah ! mon cœur applaudit d'avance
Au coup qui va nous réunir :
Le fort nous fait périr enfemble ,
N'en accufe point la rigueur :
La mort même eft une faveur,
Puifque le tombeau nous raffemble.

SCÈNE II

ORESTE, PILADE, un MINISTRE
du Sanctuaire , GARDES *du Temple.*

LE MINISTRE.

E Trangers malheureux, il faut vous féparer.
(*à PILADE.*)
Vous, fuivés-moi.

PILADE.

Grands Dieux !

ORESTE.

Qu'ordonnes-tu, barbare ?

(*à PILADE.*)
Non, ne me quitte pas, ami fidèle & rare,

(*aux GARDES.*)
Cruels, faut-il vous implorer ?

Hâtés la mort qu'on nous prépare ;
Mais laissés-nous la recevoir tous deux.
Vos glaives, vos buchers font cent fois moins af-
freux
  Que le moment qui nous sépare.

LE *MINISTRE.*

J'obéis à nos loix, j'obéis à nos Dieux.
 (*aux* GARDES.)
Qu'on le conduise.

ORESTE.

 Arrête....

PILADE s'arrachant avec peine des bras
*d'O*RESTE.

 Hélas !

ORESTE.

   Monstres sauvages....
(PILADE, *le* MINISTRE, *les* GARDES,
 disparoissent.)

SCÊNE III.

O R E S T E, *seul.*

ON te l'enléve, hélas ! Pilade est mort pour toi...
Dieux ! protecteurs de ces affreux rivages,

Dieux ! avides de fang, tonnés, écrafés-moi. . .
Où fuis-je ? à l'horreur qui m'obféde
Quelle tranquilité fuccéde ?
Le calme rentre dans mon cœur. . . .
Mes maux ont donc laffé la colere célefte,
Je touche au terme du malheur.
Dieux juftes ! Ciel vengeur !
Vous laiffés refpirer le parricide Orefte.

(*Il tombe accablé de laffitude & d'épuifement.*)

SCÊNE IV.

Les EUMÉNIDES *fortent du fond du Théâtre, &
entourent* ORESTE. *Les unes exécutent au tour
de lui un Ballet-Pantomime de terreur ; les au-
tres lui parlent.* ORESTE *eft fans connoiffance
pendant toute cette Scêne.*

LES *EUMÉNIDES.*

Vengeons & la Nature & les Dieux en couroux;
Inventons des tourmens... il a tué fa mere.

ORESTE.

Ah !

LES *EUMÉNIDES.*

Point de grace, il a tué fa mere.

ORESTE.

ORESTE.

Ah !... quels tourmens.

LES EUMÉNIDES.

Ils font encor trop doux.

Il a tué fa mere.

ORESTE.

Un Spectre !* ... ayés pitié...

LES EUMÉNIDES.

De la pitié ! le monstre ! il a tué fa mere.
Egalons, s'il fe peut, fa rage meurtriere,
Ce crime affreux ne peut être expié.

ORESTE *fort de fon évanouiffement, avec
un mouvement de fureur.*

Dieux cruels !

LES EUMÉNIDES *le pourfuivant.*

Point de grace, il a tué fa mere.

---

* L'ombre de Clitemneftre paroît au milieu des Furies, & s'abîme
auffi-tôt.

C

SCÊNE V.

Les Portes s'ouvrent, les PRÉTRESSES pa-
roiffent, les Furies s'abîment fans en pouvoir
être apperçues.

ORESTE, IPHIGÉNIE, LES PRÊTRESSES.

ORESTE apperçevant IPHIGÉNIE.

MA mere ! Ciel !

IPHIGÉNIE.

Je vois toute l'horreur
Que ma préfence vous infpire ;
Mais au fond de mon cœur,
Etranger malheureux, fi vos yeux pouvoient lire,
Autant que je vous plains, vous plaindriés mon fort.

ORESTE, à part.

Quels traits ! quel étonnant rapport !

IPHIGÉNIE.

(*aux PRÉTRESSES.*)

Qu'on détache fes fers. (*à ORESTE*) Quels bords
vous ont vû naître.
Que veniés-vous chercher dans ces climats affreux ?

ORESTE.

Quel vain défir vous porte à me connoître ?

IPHIGÈNIE.

Parlés.

ORESTE.

Que lui répondre ? ô Dieux !

IPHIGÉNIE.

D'où vient que votre cœur foupire ?
Qu'êtes-vous ?

ORESTE.

Malheureux. C'eft affés vous en dire.

IPHIGÉNIE.

De grace répondés : de quels lieux venés-vous ?
Quel fang vous donna l'être ?

ORESTE.

Vous le voulés, Micéne m'a vû naître.

IPHIGÉNIÉ.

Dieux ! qu'entends-je ? achevés, dites... informés-
nous
Du fort d'Agamemnon, de celui de la Gréce.

ORESTE.

Agamemnon ?

IPHIGÉNIE.

D'où naît la douleur qui vous preffe ?

C ij

ORESTE.

Agamemnon ?

IPHIGÉNIE.

Je vois couler vos pleurs.

ORESTE.

Sous un fer parricide eſt tombé....

IPHIGÉNIE.

Je me meurs.

ORESTE , à part.

Quelle eſt donc cette femme ?

IPHIGÉNIE.

Et quel monſtre exécrable

A ſur un Roi ſi grand oſé lever ſon bras ?

ORESTE.

Au nom des Dieux ne m'interrogés pas.

IPHIGÉNIE.

Au nom des Dieux parlés.

ORESTE.

Ce monſtre abominable ,

C'eſt....

IPHIGÉNIE.

Achevés : vous me faites frémir.

ORESTE.

Son épouse.

IPHIGÉNIE.

Grands Dieux ! Clitemneſtre ?

ORESTE.

Elle-même.

LES PRÉTRESSES.

Ciel !

IPHIGÉNIE.

Et des Dieux vengeurs la juſtice ſuprême
A vû ce crime atroce ?

ORESTE, égaré.

Elle a ſçu le punir

Son fils...

IPHIGÉNIE.

O Ciel !

ORESTE.

Il a vengé ſon pere.

IPH. & les P. ⎰ De forfaits ſur forfaits, quel aſſemblage
⎱ affreux !

ORESTE. De mes forfaits quel ſouvenir affreux !

IPHIGÉNIE.

Et ce fils, qui du Ciel a ſervi la colere,
Ce fatal inſtrument des vengeances des Dieux !..

ORESTE.

A rencontré la mort qu'il a tant désirée.
Electre dans Micéne est seule démeurée.

IPHIGÉNIE, *elle se retire sur un des côtés*
de la Scène.

C'en est fait ; tous les miens ont subi le trépas.
Tristes pressentimens, vous ne me trompiés pas !

(*à* ORESTE.)

Eloignés - vous : je suis assés instruite.

(*Deux* PRÊTRESSES *accompagnent* ORESTE.)

SCÊNE VI.

IPHIGÉNIE, LES PRÊTRESSES.

IPHIGÉNIE.

O Ciel ! de mes tourmens la caufe & le témoin,
Jouiffés du malheur où vous m'avés réduite ;
  Il ne pouvoit aller plus loin.

LES PRÊTRESSES.

  Patrie infortunée ,
   Où par des nœuds fi doux
 Notre ame eft encore enchaînée ,
 Vous avés difparu pour nous !

IPHIGÉNIE.

 O malheureufe Iphigénie !
 Ta famille eft annéantie !
(aux PRÊTRESSES.)
Vous n'avés plus de Rois , je n'ai plus de parens ;
Mêlés vos cris plaintifs à mes gémiffemens.

LES PRÊTRESSES.

Nous n'avions d'efpérance , hélas ! que dans Orefte :
Nous avons tout perdu ; nul efpoir ne nous refte.

IPHIGÉNIE.

Honorés avec moi ce héros qui n'eft plus ;
 Du moins qu'aux mânes de mon frere

Les derniers devoirs soient rendus ;
Apportés-moi la Coupe funéraire,
Offrons à cette ombre si chere
Les froids honneurs qui lui sont dus.

(*On apporte la Coupe, & l'on commence les cérémonies funébres.*)

IPHIGÉNIE.

O mon frere, daigne entendre
Les accens de ma douleur :
Que les regrets de ta sœur,
Jusqu'à-toi puissent descendre !

LES PRÊTRESSES.

Contemplés ces tristes apprêts,
Mânes sacrés, ombre plaintive,
Que nos larmes, que nos regrets
Pénétrent l'infernale rive !

(*L'Air & le Chœur se chantent sur un air Pantomime qui regle la marche des cérémonies. IPHIGÉNIE & les PRÊTRESSES reprennent le Chœur, & sortent du Théâtre en continuant les chants funébres.*)

FIN DU SECOND ACTE.

ACTE

ACTE TROISIEME.

*Le Théâtre repréſente l'Appartement d'*IPHIGÉNIE
dans le Temple.

SCÊNE PREMIERE.

IPHIGÉNIE, LES PRÊTRESSES.

IPHIGÉNIE.

JE céde à vos déſirs : du ſort qui nous opprime
    Inſtruiſons Electre ma ſœur :
Aux horreurs du trépas j'arrache une victime,
Et je ſers à la fois la Nature & mon cœur...
    Hélas ! je ne puis m'en défendre ;
    Pour l'un de ces infortunés,
Par nos barbares loix à la mort condamnés,
    Je ſens la pitié la plus tendre.
Mon cœur s'unit à lui par des rapports ſecrets..
    Oreſte ſeroit de ſon âge ;

D

Ce captif malheureux m'en rappelle l'image,
Et sa noble fierté m'en retrace les traits.

D'une image, hélas! trop chérie,
J'aime encore à m'entretenir ;
Mon ame se plaît à nourrir
L'espérance qui m'est ravie.
Inutiles & chers transports !
Chassons une vaine chimere :
Non, ce n'est plus qu'aux sombres bords
Que je puis retrouver mon frere.

SCÈNE II.

IPHIGÉNIE, LES PRÊTRESSES, ORESTE
ET PILADE.

UNE PRÉTRESSE.

Voici ces captifs malheureux.

IPHIGÉNIE.

Allés : laissés-moi seule un instant avec eux.

(*Les* PRÊTRESSES *sortent.*)

SCÊNE III.

IPHIGÉNIE, PILADE, ORESTE.

IPHIGÉNIE, à part.

Qu'à leur aspect touchant je sens mon ame émue.

ORESTE se précipitant dans les bras de PILADE.

O joie inattendue !
Je puis donc t'embrasser pour la derniere fois.

PILADE.

Mon sort est moins affreux puisque je te revois.

IPHIGÉNIE.

Vous avés vû mes pleurs : je n'ai pû m'en défendre.
Hélas ! qui n'en verseroit pas
Au récit que je viens d'entendre ?
Si sur ces bords sanglans le Ciel fixa nos pas ;
Nous avons vû le jour dans de plus doux climats,
Et la Gréce est notre Patrie.

PILADE.

Quoi ! des mains d'une Grecque il faut perdre la vie !

IPHIGÉNIE.

Ah ! pour sauver vos jours, je donnerois les miens ;
Mais Thoas veut du sang : sa piété barbare

D ij

Ajouteroit aux maux qu'on vous prépare,
Si de tous deux je brisois les liens.
Je pourrois du tyran tromper la barbarie...
De l'un de vous au moins que les jours conservés...

ORESTE et PILADE.

Mon ami, tu vivras, tes jours feront fauvés.

IPHIGÉNIE.

De celui de vous deux qui me devra la vie,
Pourrois-je attendre un fervice ?

ORESTE et PILADE.

Achevés ;
Je vous réponds de fa reconnoiffance.

IPHIGÉNIE.

Dans Argos, comme vous, j'ai reçu la naiffance :
Il m'y refte encor des amis.
Jurés-moi qu'un billet, fidélement remis...

ORESTE et PILADE.

J'en attefte les Dieux : vos vœux feront remplis.

IPHIGÉNIE.

Il faut donc entre-vous choifir une victime.
Hélas ! dans le foin qui m'anime,
Que ne puis-je à tous deux rendre un fervice égal !
Il faut que l'un des deux expire...

(*à part.*)

Mon ame fe déchire.

Mais puifqu'il faut enfin faire un choix fi fatal,

(*à ORESTE.*)

C'eft vous qui partirés.

ORESTE.

Que je parte ! qu'il meurre !

O Ciel !

IPHIGÉNIE.

Répondés à mes vœux :

Soyés prêt à partir : je cours en preffer l'heure.

SCÈNE IV.

ORESTE, PILADE.

PILADE.

O Moment trop heureux !

Ma mort à mon ami va donc fauver la vie.

ORESTE.

Et je confentirois qu'elle te fut ravie ?

M'aimes-tu ? parle.

PILADE.

O Dieux ! tu l'ofes demander ?

ORESTE.

M'aimes-tu ?

PILADE.

Quel difcours ! quelle fureur te preffe ?

ORESTE.

Renonce au choix de la Prêtreffe.

PILADE.

Ah ! ce choix m'eft trop cher pour le pouvoir céder.

ORESTE.

Et tu prétends encore que tu m'aimes,
Lorfqu'au mépris des Dieux facrifiant tes jours...

PILADE.

Ils veillent fur les tiens, ils protégent leur cours,
Je remplis leurs décrets suprêmes.

ORESTE.

A ces Dieux conjurés prétends-tu donc t'unir,
Pour ajoûter aux tourmens que j'endure ?

PILADE.

Que me demandes-tu ?

ORESTE.

De me laiffer mourir.

PILADE.

Non : ne l'espere pas.

ORESTE.

Oreste t'en conjure.

PILADE.

Cruel !

ENSEMBLE.

Dieux ! fléchissés son cœur,
Rendés-moi mon ami, qu'il m'accorde sa grace,
Que tout mon sang vous satisfasse,
Qu'il suffise à votre rigueur !

ORESTE.

Quoi ! je ne vaincrai pas ta constance funeste !
Quoi ! ton ame toujours se refuse à mes vœux !
Ne sais-tu pas que pour Oreste
La vie est un supplice affreux ?
Ne sais-tu pas que ces mains parricides
Fument encor du sang que j'ai versé ?
Ne sais-tu pas que l'enfer courroucé
Rassemble autour de moi ses noires Euménides,
Qu'elles m'obsédent en tous lieux!....
Les voici ! de serpens leurs mains s'arment encore !
Ou fuir ?... Eh ! quoi ! Pilade & me fuit & m'ab-
horre !

Il me livre à leurs coups !... arrêtés... ah ! grands
Dieux !

(Il tombe dans les bras de PILADE.)

PILADE.

Eh quoi ! méconnois - tu Pilade qui t'implore ?

ORESTE, revenant à lui.

Eh bien, Pilade, eſt - ce à toi de mourir ?

PILADE.

O Dieux ! votre couroux ne peut-il ſe fléchir ?

ORESTE, accablé & en ſentiment.

La mort à mes tourmens eſt l'unique relâche.
Je l'obtenois : Pilade me l'arrache !

PILADE.

Ah ! mon ami : j'implore ta pitié,
Oreſte, hélas ! peut-il me méconnoître ?
Qu'il s'attendriſſe aux pleurs de l'amitié !
Ton cœur au mien n'eſt pas fermé peut-être.
Cet ami qui te fut ſi cher,
Pilade eſt à tes pieds, il conjure, il te preſſe,
A tes fureurs laiſſe-moi t'arracher,
Souſcris au choix, dicté par la Prêtreſſe.

*ORESTE, relevant PILADE avec un mouve-
ment de fureur.*

Malgré-toi, je ſaurai t'enlever au trépas,

SCÈNE

SCÈNE V.

ORESTE, PILADE, IPHIGÉNIE, PRÊTRESSES.

IPHIGÉNIE.

(à PILADE.)   (aux PRÊTRESSES.)

QUe je vous plains ! vous, conduisés ses pas.

ORESTE.

Non, Prêtresse, arrêtés, votre pitié s'égare.

IPHIGÉNIE.

Que dites-vous ?

ORESTE.

C'est à moi de mourir.
Mon ami pourra vous servir :
Qu'il soit le digne objet d'un service si rare.

PILADE.

N'écoutés point ses transports furieux.

IPHIGÉNIE, à ORESTE.

Vivés & me servés.

ORESTE.

Je ne le puis sans crime.

E

PILADE.

Cruel, quelle fureur t'anime?

IPHIGÉNIE.

Ah! je fens que mon choix eft dicté par les Dieux.

ORESTE, *bas à* PILADE.

C'en eft fait : ici même, à l'inftant, je déclare...

PILADE.

Arrête.

ORESTE, *haut à* IPHIGÉNIE.

Eh bien, fachés...

PILADE, *l'interrompant.*

Arrête... juftes Cieux!

IPHIGÉNIE, *à* PILADE.

Quelle foudaine horreur de votre ame s'empare!

ORESTE, *à* IPHIGÉNIE.

Prononcés, que ma mort...

IPHIGÉNIE.

Non, ne l'efpérés pas :
Un pouvoir inconnu, puiffant, irréfiftible,
Sur l'autel des Dieux même, arrêteroit mon bras.

ORESTE.

Quoi ! toujours à mes vœux vous êtes infléxible ;
  Mais c'eft envain, j'en attefte les Dieux,
Si mon ami n'échappe au fort qu'on lui prépare,
  Je vais, m'immolant à vos yeux,
Répandre tout ce fang dont le Ciel eft avare.

IPHIGÉNIE.

O Dieux ! eh bien, cruel, rempliffés vos défirs.

ORESTE, courant à PILADE.

Vis, mon ami, cours fervir la Prêtreffe,
D'une fœur qui m'eft chere, adoucis la trifteffe,
  Porte lui mes derniers foupirs,
Adieu.

SCÈNE VI.

IPHIGÉNIE, PILADE.

IPHIGÉNIE.

Puifque le Ciel à vos jours s'intéreffe,
Prêtés-moi les fecours que vous m'avés promis :
  Portés cet écrit dans la Gréce,
Qu'entre les mains d'Electre il foit par vous remis.

PILADE.

Qu'entends-je, & quel deftin l'une à l'autre vous
  lie ?   E ij

IPHIGÉNIE.

J'ai refpecté votre fecret ;
N'éxigés rien de plus.

PILADE.

Vous ferés obéie,
Je remplirai vos vœux, fi le Ciel le permet.

(*IPHIGÉNIE fort.*)

SCÈNE VII.

PILADE, *feul.*

Divinité des grandes ames,
Amitié ! viens armer mon bras ;
Remplis mon cœur de tes céleftes flâmes,
Je vais fauver Orefte, ou courir au trépas.

FIN DU TROISIEME ACTE.

ACTE QUATRIEME.

Le Théâtre repréfente l'intérieur du Temple de Diane. La Statue de la Déeffe, élevee fur une eftrade, eft au milieu, devant eft un Autel.

SCÉNE PREMIERE.

IPHIGÉNIE feule, & aux pieds de l'Autel.

JE t'implore & je tremble, ô Déeffe implacable !
Dans le fond de mon cœur mets la férocité :
    Etouffe de l'humanité
    La voix plaintive & lamentable.
Hélas ! & quelle eft donc la rigueur de mon fort ?
      D'un fanglant miniftere,
      Victime involontaire,
J'obéis ; & mon cœur eft en proie au remord !
Je t'implore, &c.

Non : cet affreux devoir, je ne puis le remplir.
En faveur de ce Grec, un Dieu parloit fans doute :
Au facrifice affreux que mon ame redoute,
Non je n'ai pas dû confentir.

SCENE II.

IPHIGÉNIE, LES PRÊTRESSES, ORESTE,
au milieu d'elles.

LES PRÊTRESSES.

O Diane, fois nous propice !
La victime eft parée, & l'on va l'immoler.
Puiffe le fang qui va couler,
Puiffent nos pleurs appaifer ta juftice !

IPHIGÉNIE, *à part.*

La force m'abandonne ; ô momens douloureux!

ORESTE.

Voilà le terme heureux de mes longues fouffrances :
Puiffe-t-il l'être auffi, grands Dieux, de vos vengeances !

IPHIGÉNIE.

O Ciel !

ORESTE.

Séchés les pleurs qui coulent de vos yeux ;
Ne plaignés point mon fort, la mort fait mon envie:
Frappés.

IPHIGÉNIE.

Ah ! cachés-moi cette horrible vertu.
Les Dieux protégeoient votre vie ;
Mais vous allés mourir, & vous l'avés voulu.

ORESTE.

Ces Dieux m'en avoient fait un devoir néceffaire.
En voulant prolonger mon fort,
Vous commettiés un crime involontaire.

IPHIGÉNIE.

Un crime ? ah ! c'en eft un de vous donner la mort.

ORESTE.

Que ces regrets touchans pour mon cœur ont de
charmes !
Qu'ils adouciffent mes tourmens !
Depuis l'inftant fatal... hélas ! depuis long-tems
Perfonne à mes malheurs n'avoit donné de larmes.

IPHIGÉNIE.

Hélas !

(*Les* Prétresses *environnent* Oreste *en chantant le Chœur suivant ; elles le conduisent dans le Sanctuaire , où elles l'ornent de Bandelettes & de Guirlandes.*)

H y m n e.

Toutes les Prétresses.

Chaste fille de Latône ,
Prête l'oreille à nos chants :
Que nos vœux, que notre encens
S'élévent jusqu'à ton thrône..

Une voix seule.

Tout est soumis à ta loi ,
Dans les Cieux & sur la terre ;
L'enfer fléchit devant toi ,
Tout ce que l'Erébe enserre ,
A ton nom pâlit d'effroi.

En tout tems on te consulte ,
Dans la paix , dans les combats ;
Et ton culte est le seul culte
Révéré dans ces climats.

T O U T E S.

Chaste fille , &c.

(*Pendant ce Chœur , lorsque* Oreste *est paré de Guirlandes , on le conduit derriere l'Autel. On brûle des parfums , & on fait des libations.*)

IPHIGÉNIE.

IPHIGÉNIE.

Quel moment ! Dieux ! fecourés-moi.

Quatre PRÉTRESSES principales,
à IPHIGÉNIE.

Venés, fouveraine Prêtreffe,
Rempliffés votre augufte emploi.

IPHIGÉNIE , fe trainant à peine à l'Autel.

Barbares, arrêtés , refpectés ma foibleffe.

(Elle frémit en fixant ORESTE. Une PRÉTRESSE
lùi prefente le Couteau facré.)

Dieux ! tout mon fang fe glace dans mon cœur.

LES PRÉTRESSES.

Frappés.

IPHIGÉNIE.

Je tremble, & mon bras plus timide...

ORESTE.

Iphigénie , ô ma fœur !
Ainfi tu fus jadis immolée en Aulide.

IPHIGÉNIE.

Mon frere!... je me meurs...

LES PRÉTRESSES.

Orefte ! notre Roi !

ORESTE.

Iphigénie ! ô Ciel ! eft-ce elle que je voi ?

F

LES *PRÉTRESSES.*

Oui, c'eſt Iphigénie.

ORESTE.

Ah ! mon cœur me l'atteſte.

IPHIGÉNIE.

O mon frere, ô mon cher Oreſte !

ORESTE.

Quoi, vous pouvés m'aimer, vous n'avés point horreur...

IPHIGÉNIE.

Ah ! laiſſons-là ce ſouvenir funeſte,
Laiſſe-moi reſſentir l'excès de mon bonheur:
Sans te connoître encor, je t'avois dans mon cœur,
Au Ciel, à l'Univers je demandois mon frere...
Lè voilà ! je le tiens ! il eſt entre mes bras !...
Mais que vois-je ?

SCÈNE III.

LES ACTEURS PRÉCÉDENS.
UNE PRÊTRESSE.

LA PRÉTRESSE , arrivant avec précipitation.

Tremblés, on fait tout le myftere :
Le tyran porte ici fes pas ;
Il fait qu'un des captifs , deftinés au fupplice ,
Sauvé par vous, fuyoit loin de ces lieux :
Indigné , furieux ,
De l'autre il vient preffer le facrifice.

LES PRÉTRESSES.

Crands Dieux ! fecourés-nous.

IPHIGÉNIE.

Il ne fe fera pas ,
Ce facrifice abominable , impie...
(*Aux Prêtreffes.*)
Vous, fauvés votre Roi des fureurs de Thoas ;
Il eft du fang des Dieux, ils défendront fa vie.

SCÈNE IV.

Les Acteurs Précédens.

THOAS, GARDES, Suite.

THOAS, à *Iphigénie*.

. . . .

De tes complots la trame est découverte :
Tu trahissois le Ciel, & conjurois ma perte.
Il est tems que les Dieux soient enfin satisfaits,
Il est tems de punir ta lâche perfidie.
Immole ce captif ; que tout son sang expie
Et ton audace & tes forfaits.

IPHIGÉNIE.

Qu'oses-tu commander, barbare ?

THOAS.   *les PRÊTRESSES.*

Obéissés aux Dieux : { Sauvés-nous justes Cieux,
Éloignés les horreurs que ce
moment prépare.

(*aux Gardes.*)

Le Ciel parle, il suffit ; Gardes, secondés-moi.
Qu'on le saisisse.

IPHIGÉNIE.

O Ciel ! qu'oses-tu faire ?

THOAS, aux Gardes.

Qu'on le traîne à l'Autel.

IPHIGÉNIE, se précipitant au-devant des Gardes.

Cruel ! il est mon frere.

THOAS.

Son frere !

ORESTE.

Oui, je le suis,

IPHIGÉNIE.

C'est mon frere & mon Roi,
Le fils d'Agamemnon.

THOAS.

Frappés, quelqu'il puisse être.

IPHIGÉNIE, avec feu.

(aux Gardes.)   (aux Prêtresses.)

N'approchés pas.   Et vous, défendés votre maître.

(Les PRÊTRESSES *forment un demi cercle*, *& placent* ORESTE *entre elles & le Sanctuaire.*)

THOAS, aux Gardes qui balancent.

Lâches, vous reculés d'effroi...
J'immolerai moi-même, aux yeux de la Déesse,
Et la victime & la Prêtresse.

(On entend un grand bruit derriere le Théâtre.)

ORESTE.

L'immoler ! qui ? ma sœur !

THOAS.

Oui, je dois la punir,

(*Le bruit augmente derriere le Théâtre ; on en-*
fonce les Portes du Temple : PILADE *paroît*
à la tête de ses GRECS.)

Et tout son sang. . . .

SCENE V.

PILADE, Troupe de GRECS,

Acteurs Precédens.

PILADE, *s'élançant avec rapidité sur* THOAS.

C'Eſt à toi de mourir.
Puiſſe ton ſang impur expirer tous tes crimes.
Vos Autels ſont vengés, Dieux! prenés vos victimes.

Les Gardes de THOAS.

Vengeons le ſang de notre Roi,
Frappons.

IPHIGÉNIE.

Grands Dieux ! ſauvés mon frere.

(*Les* GRECS *chargent les* SCITHES.)

PILADE *aux* GRECS.

Courage, amis, ſecondés - moi.

ORESTE.

Pilade ! ô mon Dieu tutélaire !

PILADE *dans les bras* d'ORESTE.

O mon unique ami !

(*Le Combat dure quelques inſtants.*)

CHŒUR de GRECS triomphans.

De ce peuple odieux ,
Exterminons jusques au moindre reste ;
Servons la vengeance céleste ,
Et purifions ces lieux ,
Au nom de Pilade & d'Oreste.

CHŒUR de Scithes fuyants:

Fuyons de ce lieu funeste ,
Sauvons - nous ,
Évitons leurs coups ,
LesDieux combattent pour Oreste.

SCÊNE VI.

LES ACTEURS PRECÉDENS.

*DIANE descendant dans un nuage au milieu
des Combattants.*

Les SCITHES *& les* GRECS *tombent à genoux
à la voix de la Déesse ,* IPHIGENIE *& les* PRÊ-
TRESSES *levent les mains vers elle.*

DIANE.

ARrêtés, écoutés mes décrets éternels....
Scithes , aux mains des Grecs remettés mes images :
Vous

Vous avés trop long-tems, dans ces climats fauva-
 ges,
Deshonnoré mon culte, & fouillé mes Autels.

A ORESTE.

Malheureux fils d'un plus malheureux pere,
 Les Dieux font enfin fatisfaits :
 Tu n'entendras plus déformais
Les cris plaintifs des mânes de ta mere ;
 Tes pleurs ont lavé tes forfaits,
 Je prends foin de ta deftinée :
Micène attend fon Roi, vas y régner en paix,
Et rends Iphigénie à la Gréce étonnée.

(DIANE *remonte au Ciel.*)

SCÈNE DERNIERE.

IPHIGÉNIE, ORESTE, PILADE, PRÊ-
TRESSES, SCITHES, GRECS, *&c.*

PILADE.

TA fœur ! qu'ais-je entendu ?

ORESTE.

 Partage mon bonheur.
Dans cet objet touchant à qui je dois la vie,

G

Et qu'un penchant fi doux rendoit cher à mon
cœur ,
  Connois ma fœur Iphigénie.

CHŒUR général.

Les Dieux , long-tems en couroux,
Ont accompli leurs oracles ;
Ne redoutons plus d'obftacles,
Un jour plus pur luit pour nous.
Une paix douce & profonde
Regne fur le fein de l'onde :
La Mer , la Terre , & les Cieux,
Tout favorife nos vœux.

FIN.

APPROBATION.

J'AI lu , par ordre de Monfeigneur le Garde des Sceaux,
l'Opéra d'*Iphigénie en Tauride* , & j'ai crû qu'on pouvoit
en permettre la Repréfentation & l'impreffion.
  A Paris ce 20 Avril 1779.

                                        BRET.

www.ingramcontent.com/pod-product-compliance
Lightning Source LLC
Chambersburg PA
CBHW061653180626
46818CB00003B/1082